Coleção Aventuras Grandiosas

Edgar Allan Poe

O ESCARAVELHO DE OURO
E
GATO PRETO

Adaptação de Rodrigo Espinosa Cabral

2ª edição

O ESCARAVELHO DE OURO

Capítulo 1

Alguns anos atrás, fiz amizade com um tal de William Legrand. Ele tinha **NASCIDO EM BERÇO DE OURO**, numa família protestante. Porém, uma série de **INFORTÚNIOS** e um certo **DESCASO** com os negócios o levaram à miséria. A falência financeira fez com que ele se mudasse de Nova Orleans, onde viviam seus avós e seus antigos amigos **ABASTADOS**, e fosse viver na ilha de Sullivan, perto da cidade de Charleston na Carolina do Sul.

Essa ilha não tem mais do que cinco quilômetros de comprimento e somente cerca de 800 metros de largura. Seu solo é muito arenoso e, portanto, ruim para a agricultura. A vegetação constitui-se apenas de plantas rasteiras, adaptadas àquele solo seco. A faixa de água que separa a ilha do continente é estreita e em boa parte tomada por um canavial. A ponta mais civilizada da ilha tem algumas casas de madeira e o forte Moultrie do exército norte-americano. Essas casas passam boa parte do ano desabitadas, recebendo no verão visitantes de Charleston em busca de um clima mais tranquilo e ruas mais vazias.

Na outra ponta da ilha, bem afastado da presença humana, meu amigo Legrand construiu uma pequena cabana. Foi nesse local **ERMO** que eu o conheci e logo nosso primeiro contato evoluiu para uma amizade movimentada. Legrand despertou o meu interesse porque, embora morasse num "fim de mundo", era uma pessoa com apurados conhecimentos científicos, artísticos e filosóficos. Seu lado espiritual era igualmente bem desenvolvido, mas, devido à ruína financeira de sua família, ele demonstrava uma **AVERSÃO** profunda à sociedade, alternando momentos de empolgação com horas de abatimento e tristeza.

Gostava de caçar, de pescar e principalmente de caminhar pela ilha em meio às **MURTAS**, procurando pequenos seres vivos como moluscos. Colecionava amostras **ENTOMOLÓGICAS** e seu **ACERVO** era impressionante. Nessas incursões, Legrand

- **NASCIDO EM BERÇO DE OURO:** NASCIDO EM FAMÍLIA RICA
- **INFORTÚNIO:** INFELICIDADE, DESGRAÇA
- **DESCASO:** DESCONSIDERAÇÃO, DESCUIDO
- **ABASTADO:** RICO
- **ERMO:** DISTANTE, LONGE
- **AVERSÃO:** ÓDIO, REPULSA
- **MURTA:** MOURIRIA GUIANENSIS, PLANTA DOS ESTADOS UNIDOS
- **ENTOMOLÓGICA:** RELATIVA À ENTOMOLOGIA, AO ESTUDO DOS INSETOS
- **ACERVO:** COLEÇÃO

sempre tinha a companhia de Júpiter, um velho negro que desde criança lhe servia de tutor e **SERVIÇAL**. Júpiter era empregado da família nos tempos de riqueza e, após a **BANCARROTA**, recusara-se a abandonar Legrand, permanecendo fiel ao patrão.

Em certa tarde de inverno, aproximadamente no ano de 1800, resolvi visitar meu amigo. Geralmente o frio é ameno na ilha de Sullivan, mas aquele dia estava muito gelado. Pensei que a boa caminhada poderia me esquentar e que um jantar na companhia de Legrand, de Júpiter, de vinho e do fogo da lareira poderia ser algo animador. Cheguei na cabana próximo ao pôr do sol. Bati à porta, mas não houve resposta. Mexi na maçaneta e, como de costume, estava aberta. Entrei na casa e verifiquei que estava realmente vazia; no entanto, para meu **DELEITE**, a lareira estava acesa! Aproximei-me do fogo e comecei a me aquecer. Minhas mãos e meus pés estavam duros de tanto frio. O mesmo acontecia com o nariz. O fogo começou aos poucos a amolecer minhas carnes e a me dar certo conforto.

Antes que a noite se firmasse, a porta se abriu e pude ver Legrand e Júpiter. Ao me ver, o sorriso muito branco de Júpiter tomou conta de seu rosto. Carregava duas galinhas-d'água, parte da **FAUNA** nativa e, em breve, itens preciosos de nosso jantar. Quanto a Legrand, estava eufórico. Seu entusiasmo era quase uma crise!

— Encontrei um espécime maravilhoso! — dizia emocionado.

— Você não vai acreditar em como é belo! Que bom que você veio me visitar, pois você precisa vê-lo, meu amigo! É esplêndido!

Sem sabe ao certo o que fazer diante de tamanha animação, cumprimentei Legrand e perguntei:

— Fico contente pelo seu achado. Gostaria de saber que bicho é esse que você encontrou. Posso vê-lo?

— Ah, meu amigo, ele é extraordinário! Sua beleza é raríssima! Pergunte a Júpiter!

Olhei para Júpiter e ele tinha o rosto satisfeito. Sempre com um sorriso na boca, confirmou que o bicho era muito bonito.

Como minha curiosidade estava à flor da pele, perguntei:

— Mas que bicho é esse do qual vocês tanto falam?

— É um escaravelho! Um escaravelho de ouro! — gritava Legrand.

— De ouro? Você quer dizer de cor dourada, né? — perguntei.

— Passe a noite aqui em casa e, assim que amanhecer, eu lhe mostro o escaravelho.

> 🪲 **SERVIÇAL:** trabalhador, criado
> 🪲 **BANCARROTA:** falência
> 🪲 **DELEITE:** prazer completo
> 🪲 **FAUNA:** conjunto de animais de uma região

— Não entendo, Legrand. Por que você não me deixa vê-lo hoje à noite? Por que não posso vê-lo agora?

A euforia de Legrand tinha me deixado curioso, mas minha maior preocupação era esfregar as mãos e aproveitar o fogo da lareira.

— Se eu soubesse que você viria eu não teria feito o que fiz. Mas não tinha como prever sua visita, justamente em uma noite tão fria. Após encontrar o escaravelho, já no caminho de casa, eu encontrei o tenente G, perto do forte, do outro lado da ilha, sabe?

— Sim, conheço o tenente.

— Pois bem, o tenente ficou maravilhado com o escaravelho e me pediu para estudá-lo. Eu deixei que permanecesse com ele esta noite, **IMPRUDÊNCIA** da qual me arrependo agora. Durma aqui em casa e amanhã, ao nascer do sol, mandarei Júpiter buscar o escaravelho. É o maior **ESPLENDOR** da natureza!

— O nascer do sol?

— Claro que não, que diabo! É o escaravelho, você precisa vê-lo!

A **DEVOÇÃO** daquele homem culto por um inseto estava me deixando irritado. Para evitar de falar algo que magoasse meu amigo, resolvi respirar fundo. Ele começou a descrever o bicho, em tom emocionado:

— Sua cor é brilhante. Tem o volume de uma noz de tamanho grande. Na extremidade traseira do casco tem duas manchas escuras como o jade. Na parte dianteira de suas costas ele tem outra mancha, mais alongada. Suas antenas... Ah!, suas antenas...

— Sinhô, ele não tem antanha não, sinhô — disse Júpiter, com sua fala **PECULIAR**, interrompendo o delírio de Legrand. Mas ele é de ouro **MACIÇO**! Por dentro e por fora. Eu nunca vi um inseto tão pesado em toda a minha vida.

— Tudo bem, Jup, tudo bem — disse Legrand. — Digamos que você esteja certo. Mesmo assim, será que isso é motivo para queimar as galinhas?

Júpiter correu para a cozinha, de onde saía um cheiro agradável de galinha assada. Legrand continuou falando:

— O inseto realmente tem um reflexo metálico muito brilhante, mas só amanhã você poderá avistá-lo. Vou fazer o seguinte: desenharei o escaravelho para que você possa ter uma ideia melhor.

> 🪲 **IMPRUDÊNCIA:** falta de prudência, irresponsabilidade
> 🪲 **ESPLENDOR:** grandeza, suntuosidade
> 🪲 **DEVOÇÃO:** dedicação intensa
> 🪲 **PECULIAR:** característica especial de uma pessoa
> 🪲 **MACIÇO:** algo duro, compacto; algo que não é oco

Legrand sentou a sua escrivaninha e pegou a **PENA** e a tinta, porém não encontrou papel. Abriu a gaveta; e estava vazia. Colocando as mãos nos bolsos, retirou o que, a distância, parecia ser um pedaço de pano velho, mas era, na verdade, um **PERGAMINHO** sujo. Ali ele fez seu desenho, enquanto eu continuava sentado perto do fogo, tentando espantar o meu frio. Legrand terminou e, estendendo o braço, passou-o para mim. Assim que peguei o pergaminho, ouvimos um latido forte. Júpiter abriu a porta dos fundos e o **COLOSSAL** Terra-Nova de Legrand adentrou a sala, pulando em mim. Suas patas apertaram meus ombros, sua boca se abriu mostrando caninos enormes e agudos. Felizmente, em vez de me **TRUCIDAR**, o cão começou a me lamber! Eu era seu amigo e em minhas visitas anteriores havia dado muito carinho a ele. Fiquei contente por ter me reconhecido.

Assim que Wolf se acalmou, fui olhar o desenho de Legrand. Era um esboço no mínimo intrigante. Fiquei uns dois minutos observando-o, até que Legrand perguntou o que eu havia achado do inseto.

— É bem estranho esse escaravelho, William. Nunca vi nada parecido com esse desenho, a não ser um crânio ou uma **CAVEIRA**. É isso, esse escaravelho tem a forma exata de uma caveira!

— Uma caveira? Que estranho, ao vivo ele não parece com uma caveira. Deve ser o formato oval e as duas manchas na traseira que podem lembrar os olhos, e a outra mancha, que, embora meio torta, pode fazer as vezes de uma boca...

— É, pode ser isso. Pode ser que você não seja um bom desenhista também. Mas acho melhor eu esperar até amanhã, né?

— Fico até ofendido com sua suspeita de que não sou bom desenhista, porque tive bons mestres. Sei desenhar!

— William, eu não quis ofendê-lo. O crânio está muito bem desenhado. Dá pra dizer que é um crânio perfeito, até. Agora, para dizer que essa caveira que você desenhou é um escaravelho é preciso alguma imaginação. A não ser que o escaravelho que você encontrou tenha realmente o formato de uma caveira...

— Então me dê sua opinião sobre as antenas do bicho. Eu as desenhei com muita **EXATIDÃO**.

— Bom, William, ou você está brincando comigo ou algo bem sério está acontecendo aqui, porque essa caveira que você desenhou não tem antenas!

- **PENA:** objeto usado para escrever antes da invenção da caneta
- **PERGAMINHO:** couro de animal, raspado e polido, que era usado para a escrita antes da popularização do papel
- **COLOSSAL:** enorme, gigante
- **TRUCIDAR:** matar com crueldade
- **CAVEIRA:** esqueleto da cabeça
- **EXATIDÃO:** precisão, rigor

Passei o desenho para William, que estava muito aborrecido com a minha interpretação. Por um instante, achei que ele iria amassar o papel e jogá-lo ao fogo, mas com o canto dos olhos ele fitou o pergaminho e então olhou fixamente para a figura e seu rosto assumiu uma nova expressão. Seus olhos se arregalaram. Foi para o outro extremo da sala onde examinou o pergaminho de todos os ângulos e lados possíveis. Resolvi ficar em silêncio para não atrapalhá-lo. Dez minutos depois, ele guardou o pergaminho na carteira, e esta no cofre, e voltou para perto do fogo, como se nada tivesse acontecido, embora a expressão do seu rosto fosse mais séria.

À medida que a noite avançava, meu amigo ia ficando cada vez mais sério. Tentei puxar conversa, abordei vários assuntos que agradavam ao meu **ANFITRIÃO**, mas nada o **DEMOVIA** daquele estado de concentração e quietude. Por isso, após o jantar resolvi ir embora mesmo na noite fria. Legrand não disse uma palavra sequer para me fazer mudar de ideia, embora tenha se despedido de mim de modo **CORDIAL**, com um entusiasmado aperto de mãos.

Capítulo 2

Um mês após aquela estranha noite, Júpiter bateu à porta da minha casa na cidade de Charleston. Disse que William queria me ver. Achei esquisito porque fazia um mês que eu não o via e não tinha notícias dele. Cheguei até a pensar que ele estava aborrecido comigo ou que nossa amizade havia acabado.

Jup estava triste, com uma aparência cansada. Disse que Legrand estava agindo de modo realmente incomum. Muito pensativo, muito quieto, sempre rabiscando estranhos caracteres em folhas de papel.

— Caracteres? — perguntei com uma curiosidade sincera.

— Sim, ele passa boa parte do dia e da noite anotando sinais estranhos. Age como se estivesse fazendo cálculos intermináveis... Fico muito preocupado. Outro dia ele sumiu antes mesmo de o sol nascer e ficou fora durante o dia inteiro! Sabe o que eu fiz? Arrumei um belo pedaço de pau e decidi lhe aplicar um corretivo exemplar quando voltasse, para aprender a avisar aos mais velhos para onde vai e a que horas volta.

— Você bateu nele, Jup?

— Eu sou tão estúpido que não tive coragem... Mas que ele merecia uma **SUMANTA** de pau, ah isso ele merecia.

> 🪲 **ANFITRIÃO:** quem recebe convidados
> 🪲 **DEMOVIA:** fazia desistir
> 🪲 **CORDIAL:** sincero, franco
> 🪲 **SUMANTA:** surra

Tive vontade de rir, porque Júpiter naquela época já tinha certa idade, e Legrand, um jovem adulto, deveria ter uns 25 anos. Mas em respeito à preocupação de Júpiter, apenas falei:

— Na minha opinião você acertou em não surrá-lo. Muitas vezes uma boa conversa tem mais efeito do que um ato violento e, afinal de contas, você disse que ele está diferente. Talvez esteja doente. Se for isso, talvez ele nem aguente apanhar.

Jup me olhou com muita seriedade e pediu que eu o acompanhasse até a ilha. William queria muito me ver e Jup achava que esse encontro faria bem ao seu protegido. Em princípio não quis aceitar o convite, até que Júpiter me mostrou uma carta que William endereçara a mim.

Caro amigo:

Faz tempo que não nos vemos. Temo que sua ausência tenha a ver com meu comportamento pouco **CORTÊS** na última vez que nos encontramos. Mas, como o conheço, sei que aquele pequeno detalhe não será capaz de estragar nossa amizade.

Tenho estado muito ocupado desde aquela noite, em um projeto muito interessante. Minha dedicação é tanta que Júpiter anda aborrecido comigo. Acredita que ele pensou até em me bater para ver se eu voltava ao "normal"?

Preciso de sua ajuda para completar o projeto. Venha nesta noite, se possível. Temos uma tarefa da mais alta importância.

Do seu **DEVOTADO** amigo,

William Legrand

Diante de tanta **SOLENIDADE** e também para animar o coração bondoso de Júpiter, aceitei o convite. Enquanto preparava minhas coisas, pensava no que Legrand estaria aprontando. Qual seria a tal tarefa da mais alta importância? Segui Jup até o cais da cidade, onde nos acomodamos no pequeno barco de Legrand. Havia uma foice e três pás novas no casco da embarcação. Perguntei o porquê daquilo e Júpiter disse que eram ordens do patrão comprar as ferramentas. Disse que tinha saído caro e que, sinceramente, não sabia o que Legrand faria com elas.

Fiquei mais intrigado ainda. Minhas suspeitas de que Legrand pudesse estar louco iam aumentando a cada nova informação que eu obtinha de Jup. A tarde já ia pela metade quando o vento inflou as velas do barco e começamos a

- **CORTÊS:** que age com cortesia
- **DEVOTADO:** dedicado
- **SOLENIDADE:** formalidade

contornar, em silêncio, a costa da ilha de Sullivan até a residência de meu amigo. Chegando lá, pude ver o estado **DEPLORÁVEL** de William. Sua pele estava muito **PÁLIDA**. **OLHEIRAS** pesadas denunciavam que meu amigo vinha dormindo mal ou dormindo menos do que o necessário.

Conversamos sobre sua saúde, enquanto o sol lentamente descia no horizonte. Legrand me garantiu que estava tudo bem com ele e que sua aparência cansada se devia à extensa e dedicada pesquisa que realizara durante minha ausência.

— Essa pesquisa tem a ver com o escaravelho? Você foi buscá-lo na manhã seguinte ao nosso jantar?

Legrand sorriu e disse que havia buscado o inseto na manhã seguinte, "por nada nesse mundo me separaria dele!", disse.

— Por quê? — perguntei espantado.

— Porque eu acho que Júpiter estava certo quando afirmou que o escaravelho era feito de ouro!

Não havia brincadeira em sua voz, pelo contrário, havia uma seriedade que me deixou preocupado. Legrand tinha nascido em uma família rica e o destino o havia deixado pobre. Eu me perguntava se essa história do escaravelho não seria um **DELÍRIO**, uma espécie de mecanismo mental que ele usava para se iludir e escapar da pobreza.

Percebendo meu ar de descrédito, Legrand pediu que Júpiter fosse buscar o inseto.

— Sinhô, eu não me meto com esse bicho, não sinhô!

Pensei que William ia **RALHAR** com ele, porém, em vez disso, foi ele mesmo buscá-lo, com a mesma expressão séria no rosto. Menos de um minuto depois, estava de volta, com o braço estendido em minha direção.

Devo dizer que realmente o escaravelho era de uma beleza **ÍMPAR**. Seu casco tinha a cor e a textura do ouro polido. Seu peso chamava a atenção, pois era bem mais pesado do que os outros seres de sua espécie. Todas essas características **AGUÇAVAM** a minha curiosidade. Cheguei a pensar em fazer uma **INCISÃO** no

> 🪲 **DEPLORÁVEL:** lamentável
> 🪲 **PÁLIDA:** branca, alva
> 🪲 **OLHEIRA:** mancha abaixo dos olhos em decorrência de insônia, cansaço etc.
> 🪲 **DELÍRIO:** entusiasmo extremo, exaltação
> 🪲 **RALHAR:** repreender em voz alta
> 🪲 **ÍMPAR:** que não tem par, único, singular
> 🪲 **AGUÇAVAM:** estimulavam
> 🪲 **INCISÃO:** corte, talho

inseto. Se fosse de ouro maciço, resistiria à faca, mas como poderia se locomover, caso seus órgãos fossem de metal? Desisti da ideia de cortá-lo porque Legrand jamais permitiria que seu "tesouro" fosse danificado.

— E então? Não é **FORMIDÁVEL**?

Capítulo 3

Era muito lindo o escaravelho. Assim como um quadro pode ser lindo ou uma mulher pode ser extremamente bonita; mas isso não significa que, por gostar de algo, você deva perder completamente a noção da realidade.

— Esse escaravelho é formidável, sim — falei para meu amigo —, mas isso não significa que você deva passar noites sem dormir, agir de forma estranha e transformar sua vida num caos por causa de um inseto!

Desviando do assunto, William sorriu e com uma voz sincera disse:

— Eu preciso de sua ajuda.

Seus olhos estavam com um estranho brilho. Seu rosto estava tenso.

— William, a única ajuda que posso te oferecer é levá-lo ao médico. Júpiter me contou que você tem dormido muito pouco, se alimentado de forma **PRECÁRIA** e que passa boa parte do tempo falando sozinho e rabiscando coisas sem **NEXO**!

Novamente meu amigo desconversou e fugiu das minhas palavras, dizendo:

— Preciso que você me acompanhe numa excursão!

— Excursão? Que excursão? Saiba que se isso envolve o escaravelho a minha resposta é não!

— Envolve o escaravelho sim e preciso muito da sua companhia e da ajuda de Júpiter também.

— Você só pode estar lunático, William. Que excursão é essa? Para onde vamos? Quanto tempo leva a jornada? Por que você mandou Júpiter comprar aquelas ferramentas?

— A excursão começa daqui a pouco e deve durar toda a noite. Se você for comigo, terá todas as outras respostas.

— Se eu for com você quero que me prometa uma coisa.

— O que você quer que eu prometa? — perguntou William.

— Quero que após o final da expedição você aceite se submeter a exames médicos. Eu vou acompanhá-lo, pois, sinceramente, estou muito preocupado com a sua saúde mental.

- 🪲 **FORMIDÁVEL**: muito bonito
- 🪲 **PRECÁRIA**: insuficiente
- 🪲 **NEXO**: coerência, lógica

Novamente William não retrucou minhas observações. Apenas pôs-se a organizar o material para a excursão. Eram quatro da tarde quando Legrand, Júpiter, eu e o cão deixamos a casa.

Júpiter carregava a maior parte do material enquanto caminhávamos em silêncio por uma trilha que ia até a praia perto do forte. Um pouco antes de chegarmos no canal, Jup tropeçou em uma pedra e quase caiu. Seu mau humor veio à tona e escutei ele resmungar:

— Maldito escaravelho!

Aquelas foram as únicas palavras que ele pronunciou no decorrer de todo o longo trajeto. Atravessamos o canal de canoa. No continente, William nos conduziu por uma trilha muito fechada. Fomos caminhando pela vegetação seca e esquecida, do lado oposto ao caminho da cidade. Quando começamos a subir um terreno montanhoso, começava a anoitecer. Eu carregava lampiões e começava a me aborrecer com aquele "passeio".

— William, você quer fazer o favor de nos dizer para onde vamos?

— Veremos, amigo, veremos...

— Mas William, o que nós vamos fazer quando chegarmos a esse maldito lugar?

— Maldito? — respondeu meu amigo com outra pergunta.

Legrand me dava pena. Em sua loucura, caminhava com animação. Trazia seu escaravelho atado a um barbante e, para se distrair, girava o inseto em volta de sua mão. Às vezes Legrand parava, mexia nos arbustos, consultava suas anotações e seguia em frente. Como se estivesse se orientando por uma espécie de mapa. Nossa caminhada noturna já tinha mais de duas horas e a inclinação da montanha estava chegando no limite do suportável para pessoas como eu, sem treinamento em escala.

Foi então que pegamos outra trilha e rumamos até outro monte, uma espécie de **PLATÔ** muito **ESCARPADO**. Havia árvores centenárias naquela região e enormes blocos de pedra espalhados pelo terreno. Os limites dessa área incomum eram de um lado montes assustadores, de outro altos precipícios cercados pelo mar.

A vegetação era tão selvagem que estava à altura de nossos pescoços. William mandou Júpiter começar a roçar o mato. Obediente, ele pegou a foice e começou a abrir uma trilha entre nós e um grupo de carvalhos a cerca de duzentos metros dali. Entre os carvalhos se destacava uma árvore do tipo tulipeiro gigante. Era bem maior e mais alta do que o carvalho, tinha galhos possantes e uma copa muito

- **PLATÔ:** planalto
- **ESCARPADO:** íngreme, difícil de subir

FRONDOSA. Sua forma negra contra o céu azul-marinho das primeiras horas da noite era uma bela imagem.

Quando Jup acabou de abrir a trilha, Legrand caminhou em volta do tronco **DESCOMUNAL** do tulipeiro e falou:

— Jup, você acha que consegue subir nesta árvore?

— Sinhô, Jup nunca viu uma árvore em que Jup não conseguisse trepar!

— Ótimo! Então pode escalar essa aí que eu te dou as instruções. Mas primeiro pega o escaravelho. Quero que você suba com ele.

— O escaravelho! O escaravelho, não, sinhô Will. Não posso subir com o escaravelho...

— Olha aqui, Júpiter: eu não acredito que você, um negro forte e grande, vá ter medo de um inseto morto. Para com isso! Pegue o escaravelho pelo barbante e suba nesta árvore ou eu terei que rachar sua cabeça com essa enxada.

Muito contrariado e amedrontado, Jup pegou o barbante e começou a escalar os quarenta metros (pela minha estimativa) da árvore. O tulipeiro, cujo nome científico é Liriodendron tulipiferum é um dos exemplares mais belos nas florestas dos Estados Unidos. Quando jovem ele cresce sem desenvolver muitos galhos, mas após certa idade, seu tronco fica rugoso e um grande número de ramificações surge em seu tronco.

Júpiter se valeu das rugas no tronco para apoiar seus pés e firmar suas mãos. Às vezes apertava os joelhos contra a árvore e a abraçava forte, para em seguia tomar impulso e avançar mais um pouco. Quando chegava em um galho maior, Jup descansava um pouco.

Após o primeiro grande galho, a árvore era para ele como uma enorme escada e sua tarefa foi facilitada. Em menos de um minuto, nosso amigo sumiu em meio às folhagens e ao escuro da noite. Apenas ouvíamos o barulho das folhas e dos galhos balançando, até que o silêncio tomou conta de tudo.

— Júpiter! Júpiter! — gritou Legrand.

— Sim, sinhô.

— Onde você está, Júpiter?

— Em cima da árvore, sinhô.

— Isso eu já sei! Mas a que altura?

— Estou quase no topo. Falta só um galho para chegar no topo.

— Você consegue subir nesse galho, Jup?

— Acho que sim, mas ele está meio podre.

- **FRONDOSA:** cheia de folhas
- **DESCOMUNAL:** fora do comum, colossal

— Júpiter, se você subir neste galho eu te dou uma moeda de ouro, certo?
— Opa! Já estou subindo, sinhô.

Nesse momento, se eu ainda tinha alguma dúvida quanto à demência de meu amigo, ela estava desfeita. Tentei falar com ele. Tentei pedir que ele mandasse Jup descer, que o galho estava podre e que uma queda daquela altura era morte certa para Jup, mas nada disso demoveu William de seu propósito misterioso.

— Você chegou no último galho, Jup?
— Cheguei, sim, meu sinhô.
— Júpiter, me diga uma coisa: você está notando algo de diferente ou estranho na ponta deste galho?
— Espera aí... AI, MEU DEUS! TEM UMA CAVEIRA AQUI, SINHÔ! Tem uma caveira pendurada na ponta do galho! Que coisa horrível.
— Calma, Júpiter, calma! Está tudo bem. É só um pedaço de osso. Agora preste atenção no que eu vou dizer.

William disse para Júpiter passar o escaravelho pelo olho esquerdo da caveira e, em seguida, deixar o inseto cair. Júpiter disse não saber direito qual era o olho esquerdo. Perguntou se a mão esquerda era a mesma mão que ele usava para rachar lenha. William, muito nervoso, respondeu que sim e mandou Jup jogar o escaravelho. O inseto caiu perto de nós. Imediatamente William marcou o local com uma estaca e, puxando um rolo de barbante do bolso, formou uma linha da estaca até o tronco. Ordenou que Júpiter descesse e limpasse o terreno com a foice, enquanto me entregava uma pá e pegava outra para si, dizendo:

— Vamos, amigos. É hora de cavar!

Capítulo 4

Essa instrução desproposital era mais uma **EVIDÊNCIA** da loucura de meu amigo. Se eu pudesse contar com a ajuda de Júpiter, amarraria William e o levaria para casa, mas sabia que Jup era muito fiel a seu patrão e não me apoiaria nesse plano. Pensei em contrariar meu amigo e ir embora, mas temia que sem mim ali por perto sua loucura piorasse e ele acabasse se machucando. Mesmo já estando meio cansado com a caminhada, peguei a pá e comecei a cavar à direita da linha entre a estaca e o tronco da árvore, como Legrand mandara.

Júpiter logo se juntou a nós. Enquanto ia abrindo o buraco, pensava que assim que a cova estivesse grande, William veria que não havia nada ali. Minha esperança era que essa desilusão o afastasse da loucura. Tive vontade de perguntar o que ele estava procurando, mas achei melhor não dar corda para aquela insanidade. O

EVIDÊNCIA: prova

mais provável era que fosse um tesouro, já que no sul dos Estados Unidos essas histórias eram muito comuns.

Após duas horas de intensa escavação nosso buraco já tinha três metros de profundidade, uns dois de largura e quatro de comprimento. Legrand disse para pararmos. O cão estava latindo muito e ele temia que isso chamasse a atenção de algum infeliz que estivesse passando por aquele local deserto. Eu descansava escorado na árvore, quando Legrand enxugou a testa e, saindo do buraco, correu para onde Júpiter estava descansando e o agarrou pela gola:

— Negro desgraçado! Fala pra mim, seu patife. Fala pra mim qual é o teu olho esquerdo. E não me mente!

— Sinhô! Não me bate, sinhô! O meu olho esquerdo é esse aqui, sinhô — disse Júpiter, colocando a mão sobre seu olho direito.

Achei que William ia bater no seu criado, mas ele começou a pular e a festejar, gritando:

— Eu sabia! Eu sabia que você estava errado. Eu sabia que o tesouro está aqui!

Depois, um pouco mais calmo, falou:

— Houve um erro de cálculos. Estamos cavando do lado errado. Temos que fazer um novo buraco do outro lado da linha. É lá que se encontra o que procuramos.

Sem falar mais nada, William recomeçou a meter a pá na terra e, sem ousar interromper o entusiasmo dele, Júpiter e eu fizemos o mesmo. Eu estava cansado, mas a energia de Legrand, seu raciocínio em consultar o mapa, achar a árvore, a caveira e calcular o local da queda do escaravelho haviam me animado. Agora que eu sabia que era mesmo um tesouro que estávamos procurando, uma série de pensamentos sobre o que fazer com o dinheiro começaram a percorrer minha cabeça. A ideia de ficar rico me fez superar o cansaço.

Já estávamos cavando fazia uma hora e meia quando Wolf começou a latir e a uivar. Júpiter saiu do buraco para prender o cão, mas este desviou de nosso amigo e pulou para dentro do buraco, onde pôs-se a cavoucar freneticamente o solo. Não demorou muito para aparecer um conjunto de ossos humanos completos misturados a pedaços de roupas antigas e botões de metal. Apareceram ainda três moedas de prata.

Os olhos de Júpiter brilharam com elas, mas o entusiasmo de Legrand murchou ao vê-las. Era o fim do delírio, pensei, enquanto me aproximava de Jup para ver as moedas, coisa que não consegui fazer pois o bico de minha bota havia enganchado em algo, me levando ao chão. Levantei e reparei que era uma argola de ferro. Chamei Legrand. Seus olhos se arregalaram e ele disse:

— É o baú! É o baú! Vamos, cavem! Cavem!

Cavamos como loucos por mais meia hora, até desenterrar aquele pesado baú de metal. Tinha cerca de um metro de comprimento, uns 80 centímetros de largura e meio metro de profundidade. Era feito de um ferro muito bem trabalhado e preparado. Por baixo da sujeira, a corrosão era mínima em suas paredes. Havia seis argolas de ferro em volta dele para facilitar o transporte, ou seja, eram necessários seis homens para carregá-lo. Em sua tampa havia outra argola, onde eu havia tropeçado.

Com cuidado, William abriu os ferrolhos do baú e ergueu sua tampa. As luzes de nossos lampiões logo focavam um **RESPLANDECENTE** tesouro de valor incalculável! Centenas de moedas de ouro, prata, cobre, anéis, colares, coroas, taças de ouro, pedras preciosas que faiscavam em nossos olhos. Era tarde da noite, estávamos muito cansados, sujos e suados, mas uma alegria dourada fazia a gente pular e se abraçar como crianças! Júpiter, com o rosto pálido e os braços mergulhados no ouro, gritava:

— Isso é coisa do escaravelho de ouro. Do lindo escaravelho de ouro!

Legrand pediu que ele falasse mais baixo e disse que, em parte, era obra do escaravelho, sim, mas que explicaria tudo mais tarde.

Após aqueles momentos de inesquecível **EUFORIA**, fomos voltando à realidade. Tínhamos um problema a ser resolvido: era preciso transportar o tesouro até a casa de Legrand antes do nascer do dia. Para tanto, esvaziamos três quartos do baú e só assim conseguimos, com dificuldade, removê-lo da cova. Decidimos esconder no mato a parte do tesouro retirada do baú, deixando Wolf de guarda, e carregamos o baú com um quarto da riqueza até a casa de Legrand. Eram quase duas da manhã quando chegamos lá. Demoramos duas horas entre jantar e descansar um pouco. Depois voltamos ao local das escavações praticamente correndo, cada um de nós carregando um grande e resistente saco de alinhagem. Wolf e o tesouro, para a nossa felicidade, continuavam lá. Com muitas dores musculares, fizemos o trajeto de volta à cabana. Quando chegamos à casa de Legrand, o sol começava a aparecer. Colocamos os sacos de ouro no baú. O sol entrava pela janela da sala e dourava as peças. O reflexo delas tatuava nossos rostos. Não sabíamos o que fazer com tanto dinheiro!

De repente, era como se nosso cansaço tivesse desaparecido com o nascer do dia. Com o fim da noite e da pobreza. Em vez de dormir, começamos a selecionar o tesouro. Examiná-lo, ver que maravilhas ele continha. Havia cerca de 450 mil dólares em moedas de ouro da França, Espanha, Alemanha e Inglaterra.

- **RESPLANDECENTE:** brilhantíssimo
- **EUFORIA:** alegria intensa

Algumas moedas tinham um tamanho enorme e estavam tão gastas que era impossível saber de onde vinham. Havia cento e dez diamantes de porte médio e grande. Dezoito rubis de alto brilho, 310 esmeraldas pequenas e médias, 21 safiras azuis e uma opala. Havia cerca de duzentos anéis e brincos de ouro maciço, trinta cordões de ouro, 83 crucifixos grandes e pesados de ouro e prata, tigelas, candelabros e incensórios de ouro, prata e bronze, dois punhos de espada de prata e vários outros objetos menores de prata e cobre que não lembro mais ao certo a quantidade. Ao todo o tesouro pesava cerca de 160 quilos e valia, pelos valores da época, cerca de um milhão e meio de dólares.

Capítulo 5

Enquanto classificávamos as peças, Legrand contou o mistério do escaravelho. Disse que o **ENIGMA** começara a ser resolvido naquela noite fria em que eu fora visitá-lo. Quando fez o desenho do escaravelho no pano sujo, Legrand havia caprichado, pois era bom desenhista e queria que eu tivesse uma boa noção da beleza do inseto. Porém, no momento em que ele me passava o desenho, eis que Wolf pulou com as patas no meu colo. Legrand disse que, com o susto, eu abri os braços e aproximei minha mão e o desenho a uma distância perigosamente próxima da lareira onde me aquecia.

William disse que quase se levantou para salvar o desenho, mas foi tudo muito rápido e, antes que ele pudesse reagir, eu já o havia afastado de perto do fogo e Wolf já tinha deixado meu colo. Então olhei o pano sujo, que era na verdade um pedaço de pergaminho, e vi o desenho da caveira. Como William havia desenhado um escaravelho houve o impasse. Achei que ele estava aborrecido e devolvi o desenho a ele, que **SE ESPANTOU** muito e se manteve quieto e pensativo.

Como vocês já sabem, fui embora, achando que Legrand estava ofendido comigo. Na verdade ele estava intrigado com a mutação do desenho de escaravelho que fizera para a forma perfeita da ilustração de uma caveira. Tão intrigado que ficou analisando o porquê de seu desenho ter dado lugar a um desenho de caveira. Vou tentar reproduzir aqui as palavras de Legrand, ditas enquanto classificávamos o tesouro:

Como não havia encontrado papel para fazer o desenho, coloquei a mão no bolso do casaco e senti a textura do pedaço de pergaminho que eu havia achado na praia, naquele mesmo dia em que achara o escaravelho. Fiz o desenho sobre o pergaminho e passei para você. Ao pegar o desenho, Wolf pulou em seu colo

- **ENIGMA:** mistério
- **ESPANTOU-SE:** surpreendeu-se, admirou-se

e você aproximou a mão da lareira. Veja que sequência fantástica de eventos daquele dia:

Você veio me visitar sem ter avisado, algo raro.

Era o dia mais frio do ano, o que nos obrigou a acender a lareira ainda de tarde, antes que você chegasse.

Eu e Júpiter achamos o escaravelho e o pergaminho no mesmo dia.

De forma imprudente, emprestei o inseto ao tenente, o que me obrigou a usar o pergaminho para fazer o desenho.

Justamente no exato momento em que lhe passei o desenho, Wolf pulou sobre você, fato que o fez aproximar o desenho do fogo.

— Sim, mas que importância teve essa aproximação? — lembro-me de ter perguntado.

Legrand dissera:

— Ah, meu amigo, esse pergaminho pertenceu a um pirata famoso, creio que tenha pertencido ao Capitão Kidd. Esse pergaminho era na verdade um pequeno mapa, escrito com uma espécie de "tinta invisível" à base de substâncias químicas como o óxido azul de cobalto, água-régia, ácido nítrico etc. ... Essa tinta desaparece após algum tempo, mas quando submetida ao calor **EXTREMO** ela volta a se revelar. Por isso, a sequência de coincidências anteriores fez com que a caveira no canto do mapa fosse revelada. Essa caveira é uma espécie de assinatura do pirata. Depois que você foi embora, resolvi ler sobre o assunto e descobri que essa região, devido à proximidade com o mar do Caribe, era muito frequentada pelos piratas. Existem muitas lendas locais sobre isso também, como você deve saber. Por isso, com todo o cuidado, submeti o mapa novamente ao calor do fogo, desta vez com método, para que o pergaminho recebesse o calor de forma **HOMOGÊNEA** e por mais tempo, e o mapa se revelou!

— Era um texto enigmático. Parte dele estava em código, por isso fiquei dias e dias falando sozinho e rabiscando coisas.

— E por isso você passou um dia todo longe de casa sem me avisar, né, sinhô?

— Exatamente, Jup. Mas era preciso. Precisava reconhecer o terreno descrito no mapa. Foi difícil, mas consegui achar o monte, o platô e o tulipeiro entre os carvalhos

— Certo, mas e quanto ao escaravelho? Por que Jup teve que jogá-lo do olho esquerdo da caveira? — perguntei.

> 🪲 **EXTREMO:** muito forte
> 🪲 **HOMOGÊNEA:** igual

— O mapa pedia que uma pedra fosse jogada por dentro do olho esquerdo para revelar a localização do tesouro. Como o escaravelho foi um dos fatores que nos levou ao tesouro e como ele lembra ouro e riqueza, resolvi usá-lo no lugar da pedra.

— Genial, William, genial! E pensávamos que você estava louco!

— É. A gente pensou mesmo — disse Jup rindo muito e balançando a cabeça.

— William, e quanto àqueles ossos lá no buraco? Será que são do tal pirata?

— Creio que não. Eles devem ser dos **SUBORDINADOS** ou dos escravos que cavaram o buraco. Para evitar que eles contassem onde estava o tesouro, Kidd – se é que foi ele – os matou. Dois bons golpes com a pá, enquanto os homens ainda estavam cavando, devem ter bastado. Mas talvez tenham sido necessárias umas doze pancadas... Quem vai saber?

SUBORDINADO: subalterno, que está sob as ordens de outro

ROTEIRO DE LEITURA

1) Você gostou do Escaravelho de ouro? Por quê?
2) Onde se passa a história?
3) Quais são os personagens da história?
4) Com qual personagem você mais se identificou? Por quê?
5) De qual personagem você menos gostou? Por quê?
6) Encontre as palavras do texto que estão escritas em latim.
7) Descubra por que elas foram escritas em latim. Se precisar, fale com seu professor de ciências.
8) Antes de William explicar todo o mistério, você pensava que o escaravelho tinha algum poder especial ou achava que ele era só um inseto comum?
9) Júpiter pensou em dar uma surra em Legrand, quando ele saiu sem avisar. Essa atitude está certa? Por quê?
10) Na sua opinião, Júpiter era um empregado ou um escravo de William Legrand?
11) William Legrand ficou obstinado com o escaravelho, tentando desvendar o mapa, fato que causou a preocupação de Júpiter e do narrador. Você já agiu assim alguma vez? Conte sua experiência.
12) O narrador e Júpiter duvidavam da sanidade mental de William, mas depois viram que estavam errados. Você já se enganou com algo que tinha a certeza de estar certo? Como foi?
13) O escaravelho é descrito pelos personagens como sendo "formidável", "esplêndido", "de uma beleza ímpar"... Quando você gosta muito de uma coisa, quando algo é muito legal, que palavras você usa para se expressar?
14) Compare as suas palavras com as palavras de seus colegas. Existe muita semelhança?
15) Você acha que seu vocabulário faz parte do Português formal ou pode ser classificado como gíria? Qual a opinião de seu professor sobre isso?
16) No final da história, os três amigos estavam conversando e classificando o tesouro. O que você acha que eles fizeram depois disso?
17) Você gostaria de encontrar um tesouro como o da história? O que você faria com ele?
18) Escolha um trecho do livro e crie uma cena. Forme um grupo de no máximo quatro pessoas, ensaie a cena e depois a apresente a seus colegas.
19) O que você tem de mais valioso? Onde você guardaria seu tesouro?
20) Faça um mapa do seu tesouro e entregue para alguém que você ame.

GATO PRETO

Capítulo 1

Os fatos que vou narrar aqui são, sem dúvida, **EXTRAORDINÁRIOS**. Não espero que vocês acreditem neste relato. Seria **TACHADO** de louco se esperasse que vocês **DESSEM CRÉDITO** a essa história. Contudo, gostaria que soubessem que não estou louco, nem alucinado. Tampouco estou sonhando. Meu propósito com este relato é tentar aliviar meu espírito dividindo com o mundo essa série de acontecimentos domésticos que causaram minha **RUÍNA**. Quando, amanhã ou depois, eu venha a morrer, ficará minha narrativa para que, quem sabe, mentes mais científicas e mais esclarecidas do que a minha possam explicar com frieza e naturalidade o que para mim não passam de acontecimentos **EMBEBIDOS** com o mais puro terror.

Tenho esperança de que os acontecimentos que me levaram aos labirintos do terror, da tortura e da destruição possam ser um dia explicados como ocorrências normais da natureza, provocados por forças naturais. Por isso transcrevo aqui a série de eventos que ainda agora me arrepiam os pelos e os ossos.

Quando eu ainda era uma criança, familiares e amigos sempre notavam meu jeito dócil, meu senso de humanidade e a grande ternura de meu coração. Era notória também a minha total fascinação por animais domesticados. Eu passava horas e horas brincando com meus cães, gatos e passarinhos. Adorava acariciá-los e conversava muito com eles. Escovava seus pelos, alimentava-os com ração, trocava a água de seus bebedouros e inventava várias atividades para lhes ensinar pequenos truques como sentar, deitar e buscar objetos. Tinha também um cavalo de porte pequeno e meu pai tinha algumas vacas que nos forneciam leite e galinhas a nos brindar com deliciosos ovos.

Lembro com carinho de **ORDENHAR** as vacas no estábulo de manhã cedo. Como era bom tomar o leite fresquinho no café da manhã! Ainda hoje me dá água na boca a lembrança de ovos fritos que minha mãe preparava com os ovos que eu ia buscar no galinheiro.

- 🐈 **EXTRAORDINÁRIO:** fora do comum
- 🐈 **TACHADO:** qualificado como
- 🐈 **DESSEM CRÉDITO:** acreditassem
- 🐈 **RUÍNA:** destruição
- 🐈 **EMBEBIDOS:** impregnados
- 🐈 **ORDENHAR:** tirar o leite

Recordações à parte, o importante é dizer que cresci cercado de bichos e, quando me tornei adulto, mantive o hábito de ter sempre comigo os mais diversos animais de estimação. Quem já teve um cão deve saber como eu me sentia. Quem já experimentou a amizade e a fidelidade de um cão sabe do que eu estou falando. Não vejo na espécie humana o amor puro, desinteressado e capaz de sacrifícios presente no amor dos animais. Os humanos têm frequentemente amizades mesquinhas e fidelidade muito fraca.

Quando casei era ainda bem jovem e tive a sorte de ter uma esposa igualmente fascinada pela companhia de animais de estimação. Com trabalho duro, conseguimos comprar um terreno grande onde construímos nossa casa e onde começamos a criar dezenas de tipos de animais. Tínhamos pássaros, peixes de aquário, coelhos, um macaquinho, um cachorro amigo e um gato.

Nosso gato era um exemplar imenso. Pesava quase doze quilos! Tinha uma beleza ardente, seu pelo era todo negro, seus olhos brilhavam e seu temperamento era muito afetivo. Pluto (esse era seu nome) tinha uma inteligência **SAGAZ**. Minha mulher, influenciada pelo folclore popular, achava que Pluto, como todos os gatos pretos, era na verdade uma bruxa disfarçada de gato. Talvez ela falasse isso mais de brincadeira, talvez minha mulher não acreditasse realmente que Pluto fosse uma feiticeira disfarçada de gato, mas, depois de tudo que já aconteceu, parece **PERTINENTE** que eu mencione essa curiosidade.

Bruxa ou não, devo confessar que Pluto era o meu animal preferido, dentro da pequena **FAUNA** que mantínhamos. Era eu quem o alimentava sempre e ele me seguia por todas as partes da casa. Até mesmo pela rua Pluto me seguia! Quando eu me sentava no sofá, ele pulava no meu colo. À noite em muitas ocasiões tive que expulsá-lo do quarto de dormir, pois o gato queria dormir junto de mim e minha esposa. Tenho até vontade de chorar ao me lembrar desse tempo harmonioso e feliz.

Tenho muita vergonha em confessar que fui eu próprio que causei o **INFORTÚNIO** e a desgraça de minha família. Durante vários anos minha amizade com os animais se manteve firme e forte, até que meu caráter humano e bondoso e meu temperamento calmo e tranquilo começaram a mudar lenta e progressivamente.

Por obra do que decidi chamar de "o demônio da **INTEMPERANÇA**", fui aos poucos me tornando irritadiço, mal-humorado, indiferente, resmungão e truculento. A cada dia eu ia me tornando mais fechado e mais chato. Não demorou para

- **SAGAZ**: astuto, manhoso
- **PERTINENTE**: válido
- **FAUNA**: conjunto de animais de uma região
- **INFORTÚNIO**: infelicidade, desgraça
- **INTEMPERANÇA**: falta de temperança, de moderação

que a comunicação com minha mulher ficasse primeiro alterada e depois muito prejudicada. Antes um animado e conversador cavalheiro, tornei-me um sujeito **RABUGENTO** e **MONOSSILÁBICO**. Até me envergonha confessar, mas algumas vezes bati em minha mulher, quando, encharcado de álcool, não conseguia encontrar palavras para me comunicar com ela.

Creio que não exista para o homem um mal pior do que o álcool. À medida que minha mente ia sendo corroída pela bebida, meu comportamento decaía. Os animais estranhavam minha mudança e também passaram a sofrer por causa de meu **VÍCIO**. Chegando bêbado em casa, com os bolsos esvaziados, nos excessos da noite cheguei a chutar meu cachorro fiel, esmurrar gaiolas de passarinhos e até a dar de **RELHO** numa vaca quando ela me deu um coice durante uma ordenha malfeita.

Minha mulher tentou **EM VÃO** barrar minha decadência. Muitas vezes ela tentou falar comigo. No começo eu escutava e tentava parar, mas minhas tentativas duravam pouco tempo e eu voltava a beber. Depois eu não escutava mais. Deixava minha pobre esposa falando sozinha. Por fim, se ela abrisse a boca para me criticar ou repreender eu fechava sua boca na pancada. Como ela ainda amava algum pedaço do que havia sobrado de mim, ela não me abandonou, decidindo suportar calada os sofrimentos que eu causava a todos.

Em uma das noites que cheguei bêbado em casa, notei que Pluto primeiro apenas ficara me olhando de longe, em vez de vir ao meu encontro. Quando fui para o lado dele, ele desviou e fugiu de mim. Aquela atitude de medo do pobre bichinho foi interpretada por mim como uma **AFRONTA**. Era um **DESAFORO** que meu próprio gato me evitasse, pensava eu com o cérebro naufragado em álcool.

Chamei por Pluto. Ele não veio. Resolvi então correr atrás dele. Assustado, ele ficou parado e me esperou. Pegue-o com força e ele, para se defender, apertou minha mão com seus dentes. A mordida não chegou a doer. Não foi muito profunda, parecia mais para chamar minha atenção do que para me ferir realmente. Mesmo assim, uma ira descomunal tomou conta de mim. Esganei o pescoço de Pluto e,

---

- 🐈 **RABUGENTO:** que reclama de tudo
- 🐈 **MONOSSILÁBICO:** que tem uma só sílaba; aqui, como adjetivo, trata-se da qualidade daquele que não fala quase nada, ou somente por meio de palavras curtas ou monossilábicas
- 🐈 **VÍCIO:** desejo incontrolável de ingerir determinadas substâncias
- 🐈 **RELHO:** chicote de couro
- 🐈 **EM VÃO:** inutilmente
- 🐈 **AFRONTA:** ofensa, desprezo
- 🐈 **DESAFORO:** atrevimento, insolência

dando de mão em um canivete da cozinha, arranquei a órbita ocular de seu olho esquerdo, num golpe rápido e irrefletido que agora me envergonha muito.

No entanto, no momento em que pratiquei a **BARBÁRIE**, uma sensação de conforto tomou conta de mim, como se eu tivesse me livrado de algo muito ruim que me incomodava demais. Ainda vi Pluto se afastar sangrando e urrando de dor. Fui dormir entorpecido pelo álcool. Quando acordei, lembrei-me da cena tenebrosa da noite anterior e, por um momento, fiquei arrependido. Mas meu sentimento de culpa foi embora quando abri uma garrafa de vinho e deixei que o líquido **DISSIPASSE** minhas preocupações.

Capítulo 2

Nos dias seguintes o gato foi se recuperando. No local do olho se formou uma cicatriz horrenda, mas após uns dois meses o bichano já estava adaptado a sua nova realidade e continuou sua rotina dentro de certa normalidade. É claro que passou a me evitar; quando me aproximava dele, o gato disparava. No começo essa reação natural de Pluto me deixava chateado, com uma ponta de remorso por ter feito tamanha maldade com aquele bichinho, mas com o passar das semanas, aumentei a quantidade de vinho **INGERIDA** e consegui afogar essas preocupações.

A reação do gato em continuar me evitando fazia-me beber mais e dessa forma passei a ficar cada vez mais irritado e perverso. Acredito que essa condição de maldade seja um impulso primitivo do ser humano, somos a única espécie que mata por dinheiro e por prazer. As demais só matam para alimentar ou para defender sua **PROLE**. Confesse, caro leitor, você certamente já cometeu alguma ação estúpida apenas pelo prazer de estar realizando algo **ILÍCITO**, certo? Violar a lei é algo que mexe com nossos instintos primitivos, pois nos é inerente um espírito perverso que nos rodeia.

Foi esse impulso maligno que me levou a executar o pobre Pluto numa manhã de outono. A sangue-frio, peguei o animal, enlacei seu pescoço com um nó bem apertado e dependurei o bicho no galho de uma árvore. Corriam lágrimas de meus olhos enquanto eu matava o pobre gato. Eu sabia que Pluto tinha um amor imenso por mim e que ele nunca tinha feito nada, absolutamente nada de mau contra mim. Enforquei meu gato sabendo que matar era e é um pecado, sabendo que,

- **BARBÁRIE**: ato cruel, desumano
- **DISSIPASSE**: desfizesse
- **INGERIDA**: consumida, tomada
- **PROLE**: filhos e filhas de um casal
- **ILÍCITO**: ilegal

ao matá-lo, estava arruinando a minha alma e me afastando de Deus.

Naquela mesma noite em que assassinei Pluto, acordei assustado. Os vizinhos gritavam: "FOGO!! FOGO!!".

Fui ver o que era: as cortinas do quarto estavam em chamas! A sala, a cozinha e o banheiro também. A casa inteira ardia. A fumaça era tanta que parecia **SÓLIDA**. Tossindo muito, encontrei minha mulher e juntos rastejamos até a saída. Como a fumaça é mais leve do que o ar ela fica suspensa, porém perto do assoalho ainda havia um pequeno vão com oxigênio. Nossa empregada conseguiu sair pela janela de seu aposento. Em minutos a casa crepitava. Uma pequena multidão de vizinhos e curiosos se juntou para apreciar a destruição. O calor das chamas aqueceu a noite fria. Os bombeiros chegaram e nada puderam fazer. O fogo havia devorado todos os meus bens. Fiquei desesperado. Deixei minha mulher chorando e procurei o boteco mais próximo onde enchi a cara, pendurando minhas despesas.

Enquanto bebia pensava no maldito gato. Eu o havia assassinado e, na mesma noite, minha casa pegava fogo. Eram dois fatos isolados, mas não havia como deixar de relacioná-los. Quando amanheceu, saí do bar e fui visitar as ruínas de minha casa. Algumas pessoas ainda circulavam por ali. Minha mulher não estava lá. Deveria ter ido para a casa de algum parente. Os vizinhos ainda estavam dormindo. Minha casa estava reduzida a pedaços de madeira carbonizada e a cinzas. Apenas parte de uma parede permanecia de pé. Era uma parede mais nova, que eu havia reformado havia poucos meses, talvez por isso tivesse resistido. Notei que alguns **XERETAS** examinavam a parede e teciam comentários que me deixaram curioso: "Que estranho!", "Nunca vi coisa igual", "É realmente muito esquisito...".

Os dizeres daqueles apreciadores da desgraça alheia fizeram com que eu me aproximasse da parede onde então pude ver, como se tivesse sido propositadamente gravada em baixo-relevo, na superfície branca da parede, a figura imensa de um gato. Vejam que não eram traços **ALEATÓRIOS** que lembravam um gato. Não, nada disso. A figura era a representação exata de um gato. E, para não deixar dúvidas sobre que gato estaria representado na figura, havia uma corda em torno de seu pescoço!

Ao ver aquela imagem, comecei a tremer. Saí correndo. Um sentimento estranho tomou conta de mim: era como se eu estivesse sendo perseguido pelo **ALÉM**. Com sede, fome, cansaço e sentindo minhas forças acabarem, me encostei numa árvore, já na zona rural da cidade, e resolvi analisar de forma racional o que

- **SÓLIDA:** maciça, que tem consistência
- **XERETA:** intrometido, bisbilhoteiro
- **ALEATÓRIO:** incerto, acidental
- **ALÉM:** o que vem depois da morte

estava acontecendo.

Lembrei que havia enforcado o gato nos fundos da casa. Pensei então que, quando o incêndio se propagou e uma pequena multidão de curiosos entrou no terreno da minha casa, alguém devia ter achado o gato enforcado, retirado-o da árvore e, por pirraça, ou quem sabe para chamar minha atenção sobre o incêndio, deveria ter jogado o gato pela janela. Durante o incêndio o gato poderia ter sido prensado contra a parede e, pela ação do fogo, todo o seu perfil, incluindo a corda do enforcamento, teriam sido carimbados ali.

Essa explicação, embora muito **INUSITADA**, serviu para me acalmar um pouco. Sabia que era uma explicação pouco precisa, mas era a única que eu tinha para tal fato. Devo confessar que mesmo tendo achado uma causa para aquela marca na parede, passei meses tendo pesadelos com o gato. Durante o dia pensava em minhas atitudes e tinha vontade de poder voltar atrás. "Ah, se eu nunca tivesse assassinado Pluto, nada disso teria acontecido e eu ainda teria minha casa." Essa espécie frágil e passageira de arrependimento me fez inclusive percorrer lojas de bichos. Buscava um outro gato preto, que pudesse, de certa forma, substituir o gato morto e reparar o meu erro.

Certa noite, eu me encontrava bebendo em um **ANTRO** qualquer. Estava sentado no balcão do bar e o álcool já circulava sem freios por minhas artérias. Entre a **PENUMBRA** e a fumaça dos charutos, percebi uma enorme **SILHUETA** negra postada sobre um grande barril de rum. Ao me aproximar, minhas suspeitas foram confirmadas: era um gato preto muito grande que jazia sobre o barril. Cheguei ainda mais perto e o toquei. Era real! Estava vivo e era muito parecido com Pluto, exceto pelo fato de que Pluto tinha a pelagem completamente negra e este gato tinha uma mancha branca, de forma indefinida, cobrindo seu peito.

Quando o acariciei, ele torceu sua coluna de leve e **SE APROCHEGOU** ao longo da minha mão e do meu braço. Pude ouvir também um doce **RONRONAR**. Notei que um sorriso escapava de minha boca. Era o primeiro sorriso em meses! A simpatia daquele felino em dois segundos já havia me **CATIVADO**. Não perdi tempo e fui falar com o **TABERNEIRO**.

— John, esse seu gato é muito lindo. Se você não se importar eu gostaria

> - **INUSITADA**: incomum
> - **ANTRO**: lugar de perdição
> - **PENUMBRA**: meia-luz
> - **SILHUETA**: sombra de uma pessoa
> - **SE APROCHEGOU**: se aproximou
> - **RONRONAR**: ruído proveniente da traqueia dos gatos
> - **CATIVADO**: ganho a simpatia
> - **TABERNEIRO**: dono de taberna

de comprá-lo.

— Meu gato?

— É, ele está ali sobre o barril de rum.

John voltou sua cabeça e perguntou:

— Onde?

Por um momento pensei que eu estivesse louco. Vendo coisas que ninguém vê. Mesmo assim, apontei para o barril e falei:

— Ali, John!

Então ele riu e disse:

— Ah, é mesmo. Eu devo estar cego. Tem um gato ali mesmo!

O taberneiro se aproximou, examinou o gato e disse:

— Eu nunca vi esse bicho por aqui antes.

Quando mais tarde resolvi deixar o bar e ir para a casa de minha sogra, onde passei a viver após o incêndio, o gato começou a me seguir. Durante todo o trajeto ele me acompanhou. De vez em quando eu parava e fazia um carinho nele. Em casa o bichano se adaptou bem. Minha mulher adorou a surpresa e logo o novo gato já era um de seus animais favoritos.

Para alimentar o meu estado de nervos **CAÓTICO**, na manhã seguinte à noite em que eu havia trazido o gato para casa, notei que, a exemplo de Pluto, ele também não tinha um dos olhos! Minha mulher, movida pelo seu imenso amor aos animais, achou essa coincidência algo mágico e esse detalhe fez com que se **APEGASSE** ainda mais a ele. Vê-la tão feliz na companhia dos bichos me dava uma tristeza profunda. A felicidade dela me lembrava do tempo em que eu era um feliz amante dos animais. As recordações boas da infância, da juventude e dos primeiros anos do casamento, quando a bebida ainda não tinha possuído o meu ser, traziam uma enorme depressão para mim naquela altura da vida.

CORROÍDO pela minha doença, fui aos poucos desenvolvendo um ódio pelo felino. Por um lado eu sabia que não tinha cabimento eu trazer o gato para minha casa, dar e receber dele muito carinho e depois, sem motivos concretos, passar a odiá-lo. Por outro lado, o crescente amor que o felino tinha por mim me deixava **INQUIETO** e aborrecido.

Tentando impedir que acontecesse o pior, passei a evitar o gato. Se ele vinha

- **CAÓTICO**: confuso, desordenado
- **APEGASSE**: afeiçoasse
- **CORROÍDO**: carcomido, desgastado
- **INQUIETO**: intranquilo

em minha direção, eu mudava de rota. **EVOCAVA** também a lembrança do enforcamento de Pluto, para conter meus instintos mais violentos. Assim, por algumas semanas, consegui conviver com o bichano. Mas, à medida que minha mulher ia se dando cada vez melhor com ele e que ele ia ficando cada vez mais à vontade com a casa, eu ia desenvolvendo uma raiva **GRADUAL**. Para não explodir e causar mais danos e sofrimentos, resolvi passar cada vez mais tempo afastado de casa. Meu destino era sempre as cantinas, bares, tabernas e botecos. Essa rotina serviu para **DEGRADAR** minha saúde e aumentar minha **ANGÚSTIA** e minhas **NEUROSES** em relação a Pluto e ao novo gato.

Para meu desespero, quando voltava para casa, lá vinha o gato me seguir. Como adorava se enroscar entre minhas pernas e miar, como se estivesse puxando uma conversa comigo. Se eu me sentava no sofá, o bichano pulava no meu colo, sempre simpático e carinhoso. Chegava até a escalar minhas roupas com suas unhas grandes, só para se aconchegar nos meus braços ou no meu peito! Lembro-me que nesses momentos eu era **ACOMETIDO** de uma fúria interior e tinha vontade de matar aquele peludo com um golpe certeiro. Mas a lembrança de minhas maldades anteriores freiavam o meu **ÍMPETO**. Hoje, no lugar imundo onde estou, penso que eu fui muito burro! Penso que desperdicei uma ótima chance de pagar meus pecados cometidos com a morte de Pluto, dando muito carinho e amor para o novo gato e também para outros animais. Mas agora pouco importa. Tudo isso é passado e não pode mais ser alterado. Devo continuar minha história.

Capítulo 3

Minha **IRA** e meu **PAVOR** pelo gato iam aumentando à proporção que a mancha branca no peito do felino ia aos poucos tendo sua forma alterada! Minha esposa chamou a atenção para esse detalhe. No começo eu dizia para ela que a mancha branca assumia diferentes contornos de acordo com a posição que o gato fazia ao sentar, deitar, correr, pular... Mas essa explicação caiu por terra quando a mancha completou seu estranho ciclo de mutação: no início era totalmente indefinida;

- 🐈 **EVOCAVA:** trazia à lembrança
- 🐈 **GRADUAL:** progressivo
- 🐈 **DEGRADAR:** estragar, deteriorar
- 🐈 **ANGÚSTIA:** ansiedade ou aflição intensa
- 🐈 **NEUROSE:** algum tipo de distúrbio emocional
- 🐈 **ACOMETIDO:** atacado
- 🐈 **ÍMPETO:** impulso, desejo
- 🐈 **IRA:** raiva extrema
- 🐈 **PAVOR:** medo, terror

depois mudou, mas continuou disforme; mais tarde assumiu algumas formas geométricas; num momento posterior mudou e sua figura sugeria algo terrível, que eu atribuía à minha imaginação atormentada; finalmente, quando completou seu último estágio de mutação, a mancha era o desenho exato, nítido e rigoroso de um objeto que tremo só de pronunciar:

A FORCA!

Se não fosse o medo! Ah, se eu tivesse coragem! Teria assassinado aquele gato sem **DÓ** nem **PIEDADE**. Porém a sensação de estar sendo um **JOGUETE** do destino me paralisava e fazia tremer. A partir daquele momento minha vida desmoronou de vez. Senti que não havia saída para mim, que eu era uma **BESTA** com o futuro já decidido. Durante o dia, o felino me seguia por onde quer que eu fosse. Sua pelagem encostava nas minhas pernas causando certa aflição. À noite eu era acordado dezenas de vezes por pesadelos bárbaros ou então pelo hálito quente daquela coisa preta e peluda sentada sobre meu peito ou sobre meu rosto, fitando-me com grandes olhos verdes. Seu peso apertava meu coração e sua presença me deixava nervoso.

Aquele inferno transformou todos os meus pensamentos em ideias malignas. Minha habitual rabugice virou um ódio quente e grosso por tudo e por todos. Passei a detestar a humanidade e até mesmo o fato de estar vivo. Enquanto eu tinha ataques de **CÓLERA, ESBRAVEJANDO** por qualquer coisa e falando palavrões a toda hora, minha mulher se mantinha calma; não reclamava nunca. Sofria em silêncio as **MAZELAS** que eu diariamente impunha a ela e ao nosso casamento.

Certo dia desci com ela ao porão da velha casa onde nossa pobreza nos mandara viver. Era preciso consertar alguns vazamentos e canos entupidos. A escada que levava ao subsolo da casa tinha seis degraus. A madeira estava podre e era preciso pisar com cuidado. Eu ia na frente e minha mulher atrás, quando, no escuro, o gato preto passou por entre nossas pernas fazendo com que eu perdesse o equilíbrio e rolasse escada abaixo. Minha mulher havia segurado no corrimão, evitando a queda.

Com o sangue fervendo, agarrei uma machadinha e parti para cima do gato. Teria decepado o miserável, não fosse a intervenção de minha esposa a me segurar o braço com rapidez. Aquele gesto bondoso dela causou em mim um ato

- **DÓ:** dor, tristeza
- **PIEDADE:** pena
- **JOGUETE:** brinquedo
- **BESTA:** pessoa de inteligência muito curta
- **CÓLERA:** raiva, ira
- **ESBRAVEJANDO:** gritando com raiva
- **MAZELA:** aflição, angústia

de fúria demoníaca e, sem pensar, virei o corpo e **DESFERI** o machado sobre o crânio de quem tentava me segurar. A lâmina penetrou em sua cabeça com um som maciço. O sangue **ESBORRIFOU** em todas as direções e ela caiu morta sem ter tempo sequer de gritar ou sentir dor.

Larguei o machado no chão. O gato me **FITAVA** com um o olhar dilatado. Ele estava a uns três metros de mim, mas eu não tinha mais coragem de matá-lo. O terror que eu sentia havia voltado e, desta vez, com força muito maior. A mulher que eu amara desde a juventude estava morta. Seu corpo estava jogado num piso imundo e eu era o seu assassino. No calor do momento, comecei a pensar em uma forma de esconder o corpo. Precisava ser rápido, minha sogra estava viajando e voltaria em um ou dois dias. Meu primeiro plano, tirá-lo de casa, era muito arriscado. Mesmo se fosse à noite, os vizinhos poderiam ver o movimento. Poderiam achar estranho... Ocorreu-me então a ideia de cortar o corpo em pedacinhos e destruí-lo aos poucos com fogo. Desisti porque a enorme quantidade de fumaça e o cheiro prolongado de churrasco iriam levantar suspeitas. Afinal eu morava numa área pobre da cidade, onde ninguém na vizinhança tinha por hábito assar carne. Minha próxima ideia foi a de simplesmente jogar o corpo no fundo do poço que havia no quintal. Já estava embrulhando o cadáver quando me ocorreu que o corpo entraria em decomposição e poluiria toda a água, gerando contaminação e mais mortes.

As horas iam passando e eu lá, sujo de sangue, naquele porão escuro, pensando, pensando. Quis enfiar o corpo num caixote, chamar um carregador e jogá-lo no mar, até que me ocorreu uma ideia mais segura e prática: **EMPAREDAR** o cadáver de minha mulher na velha **ADEGA** da casa. Além de não ser usada havia dezenas de anos, desde o tempo em que naquela casa moravam pessoas ricas, a adega era muito úmida. Seu reboco nunca havia se fixado direito por conta da umidade. Havia também, em seu interior, uma **SALIÊNCIA**, produzida por uma chaminé de pedra. Entre essa saliência e a parede dos fundos havia um vão. O arquiteto da casa havia coberto este vão com uma parede de pedras, para que todas as paredes da adega fossem iguais. Resolvi que retiraria as pedras com cuidados depositaria o corpo naquele vão e depois refaria a parede. Conforme havia previsto, com uma alavanca, removi a argamassa e as pedras com certa facilidade. Depois sepultei o corpo e recoloquei as pedras com muito cuidado. Levei cerca de oito horas

- **DESFERI**: apliquei
- **ESBORRIFOU**: espalhou
- **FITAVA**: olhava
- **EMPAREDAR**: tapar com uma parede
- **ADEGA**: depósito de vinhos
- **SALIÊNCIA**: elevação

nesta operação. Quando acabei, o corpo de minha mulher estava devidamente emparedado e o melhor era que a parede estava de volta, no exato local onde sempre estivera. Como nunca ninguém ia até o porão, muito menos até a adega, e como o reboco estava sempre úmido, não havia como eu ser descoberto.

Passei as horas seguintes limpando o cenário do crime. Depois queimei o pano que usei na limpeza. É até doentio confessar isso, mas fiquei contente por descobrir em mim um certo dom para a construção civil. Já era tarde, porém uma energia nova percorria o meu corpo. Rejeitei a ideia de me lavar ou de ir para a cama e parti em busca do gato. Tinha o propósito de matá-lo, pois qualquer que fosse a **PENITÊNCIA** que eu teria que pagar por ter assassinado mais um gato, ela não seria nada comparada à dívida que eu tinha com a lei e com os céus por ter **ANIQUILADO** minha mulher.

Procurei o bichano por horas. O dia já estava **RAIANDO** quando desisti. No dia seguinte também não pude encontrá-lo. Cheguei à conclusão de que, ao testemunhar meu ato de brutalidade extrema, o gato achou melhor fugir ou, pelo menos, evitar a minha presença ao máximo, enquanto eu estivesse possuído por aquele espírito de fúria. Preciso dizer que o dia seguinte à morte de minha mulher foi um dia maravilhoso. Aliviado pela ausência do felino, dormi por horas. Acordei energizado e tomei um banho demorado. Cheguei a pensar que estava livre daquele pesadelo...

Porém, no segundo dia após o crime, minha sogra chegou e, é claro, estranhou a falta de minha mulher. Eu disse que ela havia partido sem dizer nada, sem deixar bilhete algum. Minha sogra me olhou feio e procurou pela casa inteira. Eu ia atrás, tentando disfarçar minha alegria por estar livre do gato e comentando como era ruim viver sem minha mulher. Quando minha sogra entrou na adega, senti uma pontada no coração, mas logo ela saiu sem desconfiar de nada. Foi aos vizinhos, aos amigos, aos parentes, mas ninguém sabia de nada. No quarto dia após o assassinato, a polícia apareceu na casa.

Acompanhei os policiais pelos cômodos com muita calma e tranquilidade. Eles vasculharam cada canto da casa e fizeram muitas perguntas, mas eu era um novo homem desde o sumiço do gato e consegui sair **ILESO** de todo o **INTERROGATÓRIO**. Minha sogra deve ter falado muito mal de mim, pois eles desceram três vezes ao porão. Mantive o mesmo comportamento. Sempre calmo

- **PENITÊNCIA:** sofrimento que visa à eliminação dos pecados
- **ANIQUILADO:** arruinado, destruído
- **RAIANDO:** nascendo
- **ILESO:** são e salvo
- **INTERROGATÓRIO:** sessão de perguntas feitas a um suspeito

e **RESIGNADO**. Andava pelo porão com os braços cruzados sobre o peito e meu coração batia devagar, como um coração inocente.

Quando os policiais se deram por satisfeitos e já se preparavam para ir embora, não contive minha alegria em **LUDIBRIAR** a lei e falei, para **SELAR** minha vitória e deixar uma dúvida no ar:

— Senhores, estou muito contente por haver desfeito qualquer suspeita. Desejo a todos muita saúde e um pouco de gentileza.

Por um instante os policiais me olharam sem saber ao certo o que falar, então continuei:

— Senhores, esta é uma casa muito bem construída! — Na verdade, eu não sabia ao certo o que dizia; estava guiado pela euforia da vitória da inteligência criminosa sobre a culpa. — Estas paredes têm grande solidez!

Ao dizer aquelas besteiras, bati com força a bengala que trazia comigo e sua madeira atingiu a parede que ocultava o cadáver de minha esposa. Que Deus me livre e guarde das garras de Satanás! Mal o som oco da batida cruzava o ar escuro do porão e já se ouvia um ruído fraco e agudo, vindo de dentro da parede. Parecia o choro de uma criança! Mas era anormal, inumano. Para mim era como um uivo, um grito do demônio, um ruído produzido especialmente para um condenado.

Ao ouvir aquele som, senti uma tontura e tive que me apoiar na outra parede para não cair. Os guardas se olharam e imediatamente começaram a voltar para dentro da adega. Com seus doze braços, eles puseram a parede abaixo em questão de minutos. Logo aparecia o cadáver acinzentado e fedorento de minha querida esposa. Sentado em sua cabeça, com a boca bem aberta e vermelha, estava o gato preto. Seu único olho me condenava. Os policiais imediatamente me algemaram. Eu havia, sem querer, emparedado dentro da **TUMBA** o monstro que me levara a matar minha mulher e depois, com seu miado, condenara-me à forca!

- 🐈 **RESIGNADO:** conformado
- 🐈 **LUDIBRIAR:** enganar
- 🐈 **SELAR:** concluir
- 🐈 **TUMBA:** sepultura, caixão

ROTEIRO DE LEITURA

1) Qual a sua opinião sobre a história?
2) Você teve medo em algum momento da história? Qual?
3) Você tem algum animal de estimação? Qual? Qual o nome dele?
4) Quem alimenta seu bicho de estimação? Quantas vezes por dia ele come?
5) Seu animal de estimação tem um espaço próprio para dormir?
6) O narrador disse ter sido apaixonado por bichos durante a infância e a juventude, mas após alguns anos de casado ele passou a desprezar seus bichinhos. Por que ele mudou de comportamento?
7) Você já bateu em seu animal de estimação? Por quê?
8) Você acha que quando um bicho é castigado ele sabe por que está apanhando?
9) Você acha que o medo pode educar um animal ou condicioná-lo a não fazer algo que seus donos não querem?
10) Você já apanhou por ter feito algo "errado" ou proibido? Conte como foi.
11) Você acha que a criança que apanha aprende a se comportar bem?
12) Pesquise o nome de algumas clínicas veterinárias em seu bairro. Veja quantas fazem uso da palavra inglesa pet, que significa animal de estimação.
13) Dê a sua opinião sobre o uso de palavras estrangeiras na língua portuguesa do Brasil. Você é contra ou a favor?
14) Você usa palavras estrangeiras no seu dia-a-dia? Quais?
15) Você sabia que animais de estimação geralmente são muito curiosos e adoram aprender truques? Já tentou ensinar algo ao seu bichinho? Lembre que uma das melhores táticas para adestrar o seu amigo animal é dar a ele recompensas quando ele faz o que você quer. Uma recompensa pode ser um carinho, umas palavras de incentivo ou biscoitos!
16) Em várias passagens do texto, o narrador perdeu a paciência e agiu com extrema violência. Você se irrita com facilidade? Você já tentou se dominar e evitar que as coisas fiquem piores? Você já tentou controlar seus instintos? Como lidou com isso?
17) O narrador afirma que a maldade é uma característica primitiva do ser humano. Você concorda com isso? Por quê?
18) O fato de a casa do narrador ter se incendiado no mesmo dia em que ele enforcou seu gato é uma coincidência ou uma maldição do felino? Qual sua opinião?
19) Para você, o que poderia ter causado uma mancha na parede da casa incendiada?
20) Pessoas com problemas de alcoolismo podem ter alucinações, chamadas de **DELIRIUM TREMENS**. Você acha que os fatos estranhos dessa história realmente aconteceram ou são apenas alucinações da mente do narrador?

> **DELIRIUM TREMENS:** tipo de perturbação mental que pode ocorrer em alcoólatras, caracterizada por tremores, suores, dor no coração, agitação e alucinações terrificantes

O ESCARAVELHO DE OURO E GATO PRETO

Edgar Allan Poe

BIOGRAFIA DO AUTOR

Embora tenha vivido apenas 40 anos, Edgar Allan Poe conseguiu compor uma obra revolucionária na literatura mundial. Seus contos de horror influenciaram diversos artistas, escritores e roteiristas de cinema no século XX. Poe também é tido por muitos críticos como o inventor da ficção policial, além de ter escrito poemas fascinantes como O corvo e Annabel Lee.

Embora sua obra seja inovadora e faça sucesso até hoje, a vida pessoal do autor foi cheia de **PERCALÇOS**. Filho de um casal de atores de teatro pobres, Edgar Allan Poe nasceu dia 19 de janeiro de 1809 na cidade norte-americana de Boston. Quando tinha dois anos, seus pais morreram de tuberculose e Poe foi criado pelos tios. Por isso, dos 6 aos 11 anos de idade, viveu na Inglaterra, onde completou seus primeiros estudos. Com 17 anos ele entrou na Universidade de Virgínia, nos Estados Unidos, mas como seu tio não podia pagar os estudos, Poe foi obrigado a deixar o ensino superior após um ano de curso.

Fora da vida universitária, Poe se alistou no exército, na academia militar de West Point, da qual foi expulso. Quando saiu foi morar com uma tia em Baltimore. A paixão pela escrita o fez se aventurar no jornalismo, trabalhando na Filadélfia e em Nova York. Quando tinha 31 anos, casou com sua prima de 13. Mas quis o destino que mais uma vez a tuberculose lhe afastasse de pessoas queridas. Com a morte da menina, Poe voltou a beber de modo **CONTUMAZ**, o que abreviou sua existência. Poe morreu dia 7 de outubro de 1849 em Baltimore, deixando textos que influenciam nossa cultura até hoje.

Seu conto Os crimes da Rua Morgue é tido como um dos precursores das histórias de detetive e do policial como herói anos antes de Conan Doyle escrever Sherlock Holmes. Contos como O gato preto e O escaravelho de ouro abriram com qualidade as portas de uma literatura de suspense e horror que se ramificou por outras mídias como cinema, seriados de televisão e histórias em quadrinhos.

- **PERCALÇO:** dificuldade
- **CONTUMAZ:** obstinação, afinco